Analyse de l'œuvre

Par Ludivine Auneau et Paola Livinal

Réparer les vivants

de Maylis de Kerangal

lePetitLittéraire.fr

Rendez-vous sur lepetitlitteraire.fr et découvrez :

Plus de 1200 analyses
Claires et synthétiques
Téléchargeables en 30 secondes
À imprimer chez soi

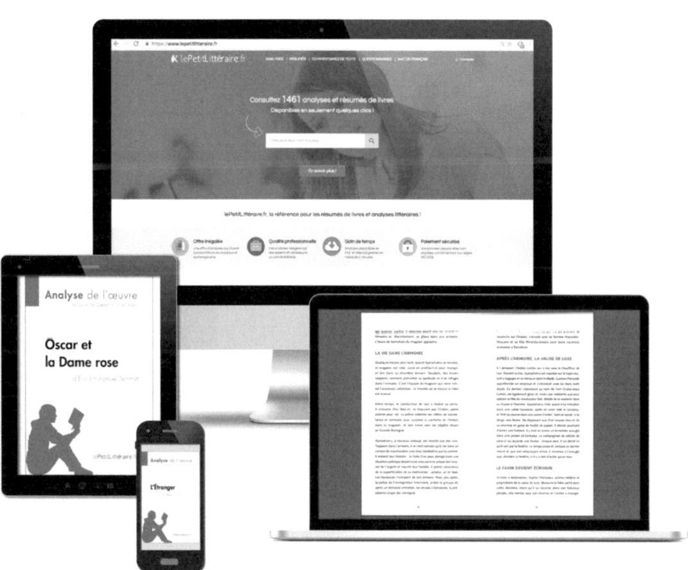

MAYLIS DE KERANGAL

ÉCRIVAINE FRANÇAISE

- **Née en 1967 à Toulon (Var)**
- **Quelques-unes de ses œuvres :**
    - *Je marche sous un ciel de traîne* (2000), roman
    - *La Vie voyageuse* (2003), roman
    - *Ni fleurs ni couronnes* (2006), roman

Si Maylis de Kerangal a d'abord consacré sa vie à l'édition en travaillant chez Gallimard, puis en créant la maison Le Baron perché (édition de livres pour enfants), elle se voue aujourd'hui pleinement à l'écriture et a publié plus de 15 œuvres. La presse lui fait une véritable ovation à chacune de ses nouvelles sorties. D'abord saluée pour son roman *Corniche Kennedy* en 2008, elle obtient le prix Médicis en 2010 pour *Naissance d'un pont*, puis le prix Landerneau en 2012 pour *Tangentes vers l'est*. C'est pourtant deux ans plus tard que l'auteure obtient sa véritable consécration lorsqu'elle se voit attribuer pas moins de sept prix littéraires pour son roman captivant *Réparer les vivants*.

RÉPARER LES VIVANTS

LE PÉRIPLE D'UN CŒUR

- **Genre :** roman
- **Édition de référence :** *Réparer les vivants*, Paris, éditions Verticales, 2014, 288 p.
- **1re édition :** 2014
- **Thématiques :** deuil, don d'organes, cœur, transplantation, vie, mort

Notamment récompensé par le Grand Prix RTL-Lire, le prix littéraire Charles-Brisset et le prix Paris Diderot-Esprits libres, le roman *Réparer les vivants* suit pendant 24 heures le périple d'un cœur dans le cadre d'une transplantation cardiaque. Hormis celle du jeune Simon, en état de mort cérébrale à la suite d'un accident de voiture, toutes les voix sont entendues : celle des proches, des médecins, des infirmiers, des chirurgiens, mais aussi celle du receveur. Le don d'organe bouscule l'existence de chacun : entre panique, douleur, réflexions et espoirs, la vie s'éteint pour les uns et se poursuit pour les autres.

RÉSUMÉ

L'histoire de *Réparer les vivants* est caractérisée par la priorité donnée à la vie, ce qui transparait jusque dans le titre. Quoi de plus vivant en effet que l'entrée en matière du roman sur la confrontation de trois jeunes surfeurs à la terrible beauté des vagues, joute qui leur donne le sentiment à cet instant de devenir des héros. Mais la bataille est ailleurs. Quand la mort surprend Simon sur la route, elle expose ses proches à la question du don d'organes, à la possibilité de sauver des vies anonymes. Dans cette optique, la disparition brutale de Simon permet aussi à sa famille de transcender sa douleur pour continuer à vivre. Cependant, avant d'en arriver là, des étapes sont à passer et dans un temps limité.

Passionnés par le surf, Simon et ses amis, Chris et John, y consacrent tous leurs weekends. En se levant ce dimanche-là, l'adolescent de 19 ans est loin d'imaginer qu'il est sur le point de vivre ses dernières vagues, ses derniers baisers avec la belle Juliette, ses dernières heures, et que son cœur s'en ira bientôt battre dans la poitrine de Claire Méjan, une femme d'une cinquantaine d'années atteinte d'une myocardite (inflammation du muscle cardiaque). En rentrant de la plage, Chris s'endort au volant et perd le contrôle de son véhicule : Simon, qui est assis sur le siège du milieu dépourvu de ceinture de sécurité, est projeté contre le parebrise.

À son arrivée à l'hôpital, il est déjà trop tard. La commotion cérébrale est trop sévère, et après de multiples examens, le médecin Pierre Révol et l'un de ses confrères déclarent Simon en état de mort encéphalique.

La mère du garçon, Marianne, a été informée de l'accident, mais ne connait pas encore la gravité des faits. Paniquée, elle cherche en vain à joindre Sean, le père de Simon, dont elle est séparée depuis des années. Elle dépose rapidement Lou, sa fille de 7 ans, chez la voisine et court retrouver son fils. Affrontant seule la situation, son inquiétude grandit au fur et à mesure qu'elle se rapproche de l'hôpital.

Aux regards, aux gestes et aux attentions du personnel soignant – dont fait partie notamment l'infirmière Cordélia Owl –, elle comprend dès son arrivée que son fils est dans un état critique. Le docteur Révol lui parle de coma profond et de stade irréversible, mais n'évoque pourtant pas encore la mort du patient. Chaque chose en son temps. Alors que le médecin l'interroge sur l'état de santé général de Simon, en vue, pense-t-elle, d'une guérison, le spécialiste, lui, amorce en réalité déjà la suite des évènements.

Le chirurgien contacte aussitôt Thomas Rémige, l'un des infirmiers coordinateurs des prélèvements d'organes, car là où se termine son travail commence celui de son collègue. C'est à ce dernier qu'incombe la lourde tâche d'annoncer la mort de Simon aux parents et de poser la question du don d'organes. S'il sait que le sujet est délicat et que les réactions sont parfois très différentes d'une famille à l'autre, il doit l'aborder le plus tôt possible, car le temps est compté.

Entretemps, Marianne donne rendez-vous à Sean dans un bar, un lieu neutre et hors du temps. Elle avait envisagé ces retrouvailles autrement, imaginant se faire belle et désirable pour l'homme qu'elle a autrefois tant aimé. Au lieu de cela, elle l'accueille le visage défait, rendu méconnaissable par la douleur. Dès que Sean voit son ex-femme, il se jette dans ses bras et ils s'embrassent, unis par la même crainte. Elle lui répète alors ce que le docteur Révol lui a dit. En entendant le mot « irréversible », qui sonne comme une sentence aux oreilles du père, celui-ci ressent soudain la furieuse envie de tout détruire.

De retour à l'hôpital, l'annonce de la mort de Simon tombe comme un couperet, ne laissant aucun espoir ; une annonce d'autant plus difficile à accepter que son cœur bat encore et que son teint rose et chaud lui donne l'air endormi. Les parents ne comprennent pas le drame qui les touche, et Sean s'interroge : pourquoi le mainte-nir artificiellement en vie s'il n'y a plus d'espoir ? C'est alors pour Rémige le moment d'évoquer le don d'organes.

L'entretien se passe mal. Comment envisager ce don alors qu'ils ne réalisent pas encore la mort de Simon ? Sean entre dans une colère monstre, parle de son fils au présent et refuse fermement qu'on le considère comme un distributeur d'or-ganes. La cause semblant perdue, le coordinateur les laisse seuls à leur douleur et à leur réflexion. Marianne parvient à calmer et à raisonner son ex-mari en lui faisant comprendre que Simon ne souffrira pas.

À partir de là, tout s'accélère. Il n'est plus seulement question du donneur, mais également des nombreux receveurs dont les vies seront changées à jamais. Entre alors en scène Marthe Carrare, médecin à l'Agence de biomédecine, chargée de distribuer les organes en fonction des multiples critères et de préserver l'anonymat du donneur et des receveurs potentiels. Désormais, seul un matricule relie Simon Limbres à son foie, ses poumons, ses reins et son cœur.

Le médecin appelle les différents hôpitaux susceptibles de recevoir les greffons. Tout va très vite : ces derniers ne disposent que de 20 minutes pour les accepter. Chaque établissement contacté est représenté dans la salle d'opération, chacun ayant pour mission de prélever l'organe nécessaire, de l'emmener à bon port et de le greffer aussitôt. Ainsi, Virgilio Breva, chirurgien, se charge du prélèvement du cœur pour l'hôpital de la Pitié-Salpêtrière à Paris.

Alors que Marianne et Sean s'interrogent sur leur décision et se demandent si ce cœur emportera les souvenirs et l'amour de leur fils pour Juliette, de son côté, Claire Méjan angoisse à l'idée de vivre avec un cœur qui n'est pas le sien. Elle sait que sa vie ne dépend que de la mort d'un autre et a du mal à supporter cette idée. Tandis que Claire prévient sa famille et prépare son admission, les parents de Simon affrontent la dure réalité et annoncent le décès de leur fils à leur entourage.

Simon vient de livrer son dernier combat. Il s'est éteint tel un héros de guerre en faisant don de sa personne pour le bien commun. À l'image de cette enveloppe charnelle désormais sans vie, le bloc opératoire est dévasté. Il est temps de res-taurer le corps de l'adolescent et de le rendre à sa famille. Thomas Rémige, resté auprès du garçon, prend soin de lui en chantonnant, comme lors de rituels funéraires.

Tandis que Simon quitte ce monde, une part de lui continue à vivre. Il est 5 h 49 quand Claire Méjan sent un tout nouveau cœur battre en elle.

ÉTUDE DES PERSONNAGES

SIMON LIMBRES

Âgé seulement de 19 ans, Simon Limbres passe son temps libre à surveiller la mer du Havre (Haute-Normandie) avec ses amis. Rêveur et amoureux, il croque la vie à pleines dents jusqu'à ce que celle-ci prenne un tournant dramatique.

Bien qu'il soit le personnage central de ce roman, le lecteur sait très peu de choses à son sujet, car il est davantage question de son cœur que de sa personne. Les autres protagonistes, ainsi que le lecteur, essayent d'imaginer ce qu'il aurait souhaité : « Par exemple on peut se demander si Simon était croyant, ou s'il était généreux. » (p. 124) Ou encore, quelle pouvait bien être sa position sur le don d'organes ? Une question existentielle se pose alors : les organes constituent-ils l'être ? Le cœur de l'adolescent arraché à sa poitrine gardera-t-il tous ses souvenirs et tous ses sentiments ? « Que deviendra l'amour de Juliette une fois que le cœur de Simon recommencera de battre dans un corps inconnu […] ? » (p. 201)

Après l'opération qui le prive à jamais de plusieurs de ses organes, Simon est presque élevé au rang de héros grec par le corps médical : « On songe aux rituels funéraires qui conservaient intacte la beauté du héros grec venu mourir délibérément sur le champ de bataille […] » (p. 270)

MARIANNE LIMBRES

Marianne Limbres est la mère de Simon et de Lou. Séparée depuis plusieurs années de Sean, le père de ses deux enfants, elle est la première informée de l'accident de son fils.

Tout au long du roman, l'ancien couple se soutient mutuellement, oubliant ses différends. Bien qu'ils n'échangent que très peu de mots, ils multiplient les gestes affectueux pour se réconforter l'un l'autre. Marianne tempèrera Sean à de nombreuses reprises.

L'infirmier coordinateur des prélèvements d'organes la considère même comme « la "personne ressource", autrement dit celle qui peut créer un effet de sillage » (p. 124). Effectivement, elle saura trouver les mots pour convaincre son ancien mari d'accepter le don d'organes. Unis dans leur douleur, Marianne et Sean souhaitent reconstruire une famille soudée et se comportent comme s'ils étaient de nouveau en couple, à la grande surprise de Lou qui déclare en voyant son père : « T'es revenu ? » (p. 197) À trois, ils désirent trouver la force de dépasser les récents tragiques évènements.

SEAN

Sean a le même gout de l'aventure que son fils. Après avoir voyagé quelque temps en Nouvelle-Zélande à bord de son canoë, il vit, aujourd'hui encore, de passion et de liberté en construisant yoles (petites embarcations légères, propulsées à l'aviron), kayaks et planches de surf.

Lorsque les nouvelles accablantes lui parviennent, Sean s'emporte à plusieurs reprises. Au bar, il se lève avec l'envie de tout casser et il s'insurge contre Thomas Rémige quand celui-ci évoque le don d'organes en déclarant que « le corps de Simon n'est pas un stock d'organes sur lequel il s'agit de faire main basse » (p. 127). Par des gestes tendres, Marianne arrive à l'apaiser, et contrairement aux apparences, c'est elle qui a la force de prendre les décisions importantes et d'annoncer le décès de Simon à leurs proches. En ce moment d'abattement, c'est auprès de son ex-femme qu'il trouve refuge et réconfort.

PIERRE RÉVOL

Pierre Révol est médecin au service de réanimation médicochirurgicale. Il est décrit comme « un type de haute taille, efflanqué, thorax creux et ventre rond – la solitude – longs bras longues jambes, des Repetto blanches à lacets, quelque chose de délié et d'incertain raccordé à une allure juvénile » (p. 30-31). Il est le premier à accueillir Simon au sein de l'hôpital et à constater son état. C'est donc à lui qu'incombe la tâche d'avertir la famille, de parler d'abord de coma profond et de stade irréversible. Il pèse chaque mot et mesure chaque silence pour laisser à Marianne le temps de digérer les terribles déclarations.

Ce n'est pas un hasard s'il a choisi la spécialité de la réanimation. Dans ce service qui « héberge ces corps exactement situés entre la vie et la mort » (p. 32), il fait sans cesse l'expérience de « la conscience nue de son existence » (p. 33). Cette lucidité renouvelée lui permet d'affronter la mort, les familles, et en même temps de lancer les procédures, celle qui identifie le décès, et celle qui conduit (ou pas) au don d'organes.

THOMAS RÉMIGE

Thomas Rémige a multiplié les formations pour devenir « l'un des trois-cents infirmiers coordinateurs de prélèvements d'organes et de tissus du pays » (p. 76). À 29 ans, il est reconnu pour son travail de qualité. À la fois doux et ferme lorsqu'il s'adresse aux familles, il sait que la question du don d'organes est délicate et que les réactions face à celle-ci ne sont jamais identiques. Alors, il s'adapte et essaye de trouver le moment le plus opportun pour aborder le sujet.

Dans le cas de Simon, c'est le père qui précipite les choses en se demandant pourquoi son fils est maintenu sous respiration artificielle si son état est irréversible : « La question de Sean venait trancher la temporalité du protocole [...]. C'est un cri auquel il doit faire face. Il décide de leur parler maintenant. » (p. 105) L'infirmier invite les parents à s'interroger sur ce qu'aurait voulu Simon, sur son tempérament, mais ne cherche en aucun cas à leur mettre la pression : « Thomas s'est donné pour principe le respect absolu de l'expression des proches, et sait aussi le caractère indiscutable de ce qui rend le corps du défunt sacré pour ceux qui l'entourent. » (p. 129)

Son rôle est également de se conformer aux souhaits des proches. C'est la raison pour laquelle il fera écouter le bruit des vagues à Simon juste avant que son cœur ne lui soit retiré et lui chuchotera « que Sean et Marianne sont avec lui, et Lou aussi, et Mamé, il lui murmure que Juliette l'accompagne » (p. 242), même s'il sait que ces « mots s'abîment dans un vide létal » (*ibid.*). Amateur de chant, c'est en fredonnant que Thomas apaise le corps de Simon et lui manifeste son profond respect, à l'image d'une cérémonie religieuse, afin qu'il repose en paix comme tout un chacun.

MARTHE CARRARE

« Marthe Carrare est une petite femme d'une soixantaine d'années » (p. 170), médecin à l'Agence de biomédecine. Elle a pour rôle de garantir l'anonymat du donneur et la traçabilité des greffons. Elle établit ainsi le lien entre Simon et les receveurs potentiels, se charge de trouver les meilleurs candidats possible, présente le cas dans les différents hôpitaux et établit le planning logistique afin que tous les délais soient respectés. Elle ne connait pas le garçon et ne le verra jamais : elle n'est qu'un maillon de cette chaine complexe qu'est la transplantation d'organes.

VIRGILIO BREVA

D'un intérêt personnel pour la chirurgie cardiaque…

L'équipe de l'hôpital de la Pitié-Salpêtrière à Paris se résume au chirurgien Virgilio Breva et son interne Alice. Mais au-dessus d'eux règne la figure du grand ponte, Harfang, personnage incontournable, issu d'une dynastie de praticiens et auquel il faut plaire et manifester son talent à l'épreuve du feu, ce à quoi œuvre Virgilio Breva. Complexé par son physique, ce dernier cherche à rayonner autour d'Harfang, en devenant lui-même un illustre médecin et en séduisant de belles femmes.

Expert dans sa spécialité, la chirurgie cardiaque, Breva trouve son plaisir dans la manipulation de l'organe lui-même et dans l'exploit qu'est l'acte de la transplantation. Il appartient complètement à cette médecine qui coupe, raccorde, répare, remet en route la mécanique humaine.

... à un désintérêt pour les patients

Son comportement est détaché vis-à-vis de Simon et ses préoccupations sont celles de la majorité des humains. Lorsqu'il apprend qu'il a une intervention le soir même, il pense d'abord au match de football opposant la France à l'Italie qu'il va manquer et à l'attitude affriolante de Rose, son amie du moment. Il a pour mission de prélever le cœur de Simon au Havre et de le ramener au plus vite à Paris afin de le transplanter sur sa patiente, Claire Méjan.

CLAIRE MÉJAN

À 50 ans, Claire Méjan est atteinte d'une myocardite : son cœur se détériore petit à petit et elle risque l'arrêt cardiaque à tout moment. Nécessitant une greffe le plus rapidement possible, elle s'installe dans un petit appartement en face de l'hôpital dans l'éventualité d'une transplantation soudaine. Vivant avec une épée de Damoclès au-dessus de la tête, elle refuse d'aménager son lieu de vie, car il n'est que provisoire.

La malade n'appréhende pas l'intervention en tant que telle, « ce qui la tourmente, c'est l'idée de ce nouveau cœur, et que quelqu'un soit mort aujourd'hui pour que tout cela ait lieu, et qu'il puisse l'envahir et la transformer, la convertir » (p. 257). Elle culpabilise d'autant plus, car « elle ne pourra jamais dire merci, c'est là toute l'histoire » (*ibid.*). Elle doit également faire le deuil de son propre cœur, le siège des affects, pour s'en approprier un nouveau qui possède sa propre histoire. Que feront les chirurgiens de son cœur fatigué et usé ? « Peut-être y a-t-il quelque part une casse d'organes ? » (p. 258)

CORDÉLIA OWL

Cordélia Owl, infirmière âgée de 25 ans, est nouvelle dans le service de réanimation. C'est elle qui prend en charge Simon à son arrivée à l'hôpital, le matin, et assiste au prélèvement de ses organes, dans la soirée. On peut compter sur elle à l'hôpital pour répondre au pied levé à un service, un manque ou une urgence.

Cordélia commet néanmoins une faute éthique, liée au manque de communication toujours possible dans les équipes médicales : comme pour tout patient, Cordélia a décrit à Simon les soins qu'elle allait pratiquer, personne ne l'ayant informée qu'il était déjà mort. Le fait qu'une infirmière parle à Simon se révèle préjudiciable pour ses parents dans leur capacité à concevoir le décès de leur fils, Révol venait en effet de leur annoncer sa mort. Cordélia reproche alors à Révol de ne pas travailler en équipe et de ne pas communiquer assez. Si c'était le cas, cela évite-rait les malentendus et les incohérences.

CLÉS DE LECTURE

L'ÉPOPÉE EN HÉRITAGE

Le genre épique

L'adjectif épique provient du nom « épopée ». Il s'agit d'un « long poème (et plus tard, parfois, récit en prose de style élevé) où le merveilleux se mêle au vrai, la légende à l'histoire et dont le but est de célébrer un héros ou un grand fait » (« épopée », in *Le Petit Robert*, Paris, Le Robert, 2002).

Des œuvres fameuses relevant de ce genre ont traversé les siècles : l'*Iliade* (VIIIe siècle av. J.-C.) et l'*Odyssée* (VIIIe siècle av. J.-C.) attribuées à Homère (poète grec, VIIIe siècle av. J.-C.), l'*Énéide* (29-19 av. J.-C.) de Virgile (poète latin, 70-19 av. J.-C.), la *Chanson de Roland* (fin du XIe siècle), épopée du Moyen Âge français.

Si *Réparer les vivants* n'est pas écrit sous forme

de vers, le roman présente néanmoins certaines similitudes avec le genre épique.

La focalisation zéro

Au Moyen Âge, les œuvres épiques étaient récitées devant un auditoire par un jongleur (poète-musicien) accompagné d'un instrument. Lors de ses représentations, le jongleur enfilait différents costumes pour représenter et déclamer les nombreux personnages et leurs ressentis. Il en est de même dans ce roman, puisque le narrateur consacre un chapitre à chaque personnage afin que le lecteur puisse se faire une idée de l'histoire selon divers points de vue. Ainsi, la focalisation zéro (le narrateur connait tout de l'histoire racontée, il est omniscient) est employée à bon escient : nous connaissons tout de l'histoire, des actions, des pensées et des sentiments des différents protagonistes.

La mise en valeur d'un héros

Tout le récit tourne autour d'un héros hors du commun, puisqu'inconscient : Simon, qui surfait le matin même, et qui donne de sa personne, au sens propre, par le don d'organes, le soir même.

À plusieurs reprises, l'adolescent est décrit comme un héros pour l'acte qu'il a accompli (« Devenir déferlement, devenir vague », p. 22) et est comparé aux compagnons d'Ulysse (héros de la mythologie grecque, chanté dans l'*Iliade* et l'*Odyssée*) pour son physique, et plus particulièrement sa chevelure : « Est-ce la figure de Simon, sa beauté de jeune homme issu de la vague marine, ses cheveux pleins de sel encore et bouclés comme ceux des compagnons d'Ulysse qui [...] troublent [Thomas] ? » (p. 268)

Le jeune garçon est décrit à l'image des héros qui se sacrifient de leur plein gré pour le bien commun : « Quiconque passerait la tête clignerait des yeux dans la lumière froide puis se formerait une image de champ de bataille après l'offensive, une image de guerre et de violence. » (p. 267)

L'image christique de Simon est également évoquée, et renvoie ainsi au merveilleux chrétien présent dans les épopées du Moyen Âge et les épopées modernes. Lors du prélèvement des organes, « le corps est étendu, nu, les bras en croix » (p. 238), « les cicatrices en travers de l'abdomen rappellent un coup mortel – la lance au flanc du Christ » (p. 268).

La relation entre Thomas Rémige et le chardonneret (« [il] voudrait entendre les chardonnerets. [...] et peut-être en adopter un », p. 161) – outre que le nom « Rémige » renvoie à la grande aile des oiseaux – confirme son rôle auprès de Simon. Ce chardonneret, oiseau passereau présent dans certaines représentations de la Vierge et de son enfant (voir *La Vierge au chardonneret* [1506] de Raphaël [peintre et architecte italien, 1483-1520]) annonce le sacrifice futur du Christ : en effet, son front rouge symbolise le sang qui jaillit des plaies du crucifié, et le chardon dont il se nourrit évoque la couronne d'épines.

Le récit de hauts faits

L'ensemble des actions accomplies par le personnel médical afin de mener à bien le prélèvement d'organes peut également être assimilé aux hauts faits d'un héros ou d'un groupe racontés habituellement dans une épopée.

Les avancées de la médecine permettent aux chirurgiens d'accomplir la transplantation des organes d'une manière sûre, secondés par les progrès des transports et ceux de l'informatique. Aux moyens techniques s'ajoute la part humaine, composée de savoir-faire, de passion, de challenge, d'ambition (tel Virgilio Breva), etc. Mais ces qualités diverses se rassemblent pour enchainer toutes les actions nécessaires à la réussite d'un tel programme.

Vu les énergies que sollicite ce projet, et la probabilité qu'il soit réussi, l'attribution du nom d'exploit à celui-ci n'est pas excessive. Le prélèvement des organes, en particulier, est évoqué comme un véritable exploit guerrier.

Le champ lexical de la guerre et de la mort est omniprésent dans la description de cette scène avec des termes tels que « chaos », « dévasté », « sang », « champ de bataille », « offensive », « violence » (p. 267), « dépouille », « carcasse », « coup mortel », « lance », « épée », « guerrier », « lame » et « chevalier » (p. 268).

Enfin, toute cette scène est imprégnée de la voix de Thomas Rémige. Comme dans le poème épique, le chant occupe une place prépondérante à ce moment du récit, car il élève Simon au-delà du commun des mortels, il apaise et répare les torts faits à sa personne :

> « Car ce corps que la vie a éclaté retrouve son unité sous la main qui le lave, dans le souffle de la voix qui chante ; ce corps qui a subi quelque chose hors du commun rallie maintenant la mort commune, la compagnie des hommes. Il devient un sujet de louanges, on l'embellit. » (p. 269)

UNE NOUVELLE CONCEPTION DE LA MORT

En 1959, lors d'une réunion internationale de neurologie, à l'hôpital Claude-Bernard de Paris, Maurice Goulon (professeur de médecine français, 1919-2008) et Pierre Mollaret (médecin neurologue et biologiste français, 1898-1987) déclarent que la mort n'est plus attestée par l'arrêt des battements du cœur mais par la destruction des fonctions cérébrales. En d'autres termes : « Si je ne pense plus alors je ne suis plus. » (p. 44) Cette nouvelle définition de la mort a « pour conséquence d'autoriser et de permettre le prélèvement d'organes et les greffes » (*ibid*.).

Toutefois, cette conception ne correspond pas à l'image que les gens se font d'un défunt, bien au contraire, puisque dans le cas d'une mort encéphalique, la personne possède toujours un rythme cardiaque, un teint rose et un corps chaud. D'où la difficulté pour Marianne et Sean de réaliser le malheur qui les frappe, car « ils ne pouvaient établir de relation entre l'intérieur détruit de Simon et son extériorité paisible, entre son dedans et son dehors » (p. 100).

De plus, notre vision de la mort est altérée par les médias. La société actuelle ne nous permet plus de concevoir la mort telle qu'elle est véritablement : les gens « vivent dans un coin du globe […] où la mort est soustraite aux regards, effacée des espaces quotidiens, évacuée à l'hôpital où elle est prise en charge par des professionnels » (p. 100), ceci n'aidant pas à surmonter la phase du déni.

Tant que Marianne et Sean voient leur fils dans cet état de mort encéphalique, une lueur d'espoir persiste, bien que Pierre Révol leur assure le contraire. Ils ne peuvent s'empêcher de penser à toutes ces histoires au cours desquelles des patients se sont réveillés après des années de coma, aux erreurs médicales ou aux dossiers inversés.

Alors que Marianne et Sean ne réalisent pas encore la perte de leur fils, ils doivent déjà réfléchir à la suite. Comme « ils parlent de leur fils au présent, ce n'est pas bon signe » (p. 123), et Thomas Rémige pense échouer dans sa mission de coordinateur de transplantation. Peu après, « ils parlent à l'imparfait [...]. Pour Thomas, c'est une avancée tangible » (p. 126). Si les parents finissent par accepter le don d'organes, à leurs yeux, Simon ne s'éteindra véritablement que lorsque son cœur aura cessé de battre et que son sang ne coulera plus dans ses veines. C'est seulement à ce moment que Marianne « ressent un calme profond » (p. 253) avec la certitude d'avoir fait le bon choix.

LE CŒUR : BIEN PLUS QU'UN ORGANE, UN SYMBOLE

L'image que chacun se fait du cœur va bien au-delà de sa fonction organique, il est avant tout le symbole de l'amour et le siège des sentiments.

En pensant à Simon, Marianne déclare : « Juliette, c'était le cœur de Simon » (p. 201). Elle se demande alors ce qu'il restera de cet amour lorsque la transplantation aura été effectuée. Thomas Rémige sait que « la charge symbolique différe d'un organe à l'autre » (p. 131), et si Sean et Marianne ne sourcillent pas à l'idée de faire don des reins, des poumons et du foie de Simon, ils sont beaucoup plus réticents lorsqu'il s'agit du prélèvement du cœur, comme si une partie de l'âme de leur fils risquait d'en être ôtée. Les craintes évoquées par les parents à ce sujet sont les mêmes que celles du receveur, qui se voit contraint d'abandonner son propre cœur pour accueillir celui d'un inconnu.

De plus, le cœur représente la vie dans l'imaginaire commun. Bien que les deux médecins français aient modifié la définition de la mort, les gens ne conçoivent celle-ci que lorsque le cœur ne bat plus, car il est « le *membrum principalissimum*, le roi du corps, puisque placé au centre de la poitrine comme le souverain en son royaume, comme le soleil dans le cosmos » (p. 253).

C'est d'ailleurs une des raisons pour lesquelles Virgilio Breva a consacré sa vie à la chirurgie cardiaque. En tant qu'homme complexé et vaniteux, il cherche à prendre sa revanche sur sa destinée en ayant le pouvoir de vie ou de mort entre ses mains, tel un dieu : « Virgilio a choisi le cœur pour exister au plus haut, tablant sur l'idée que l'aura souveraine de l'organe rejaillirait sur lui. » (p. 230)

Après avoir traversé une telle épreuve, c'est finalement dans les bras de Sean et de Lou que Marianne s'apaise, sentant leur cœur battre : « Pour peu que l'on s'approche, pour peu que l'on soit doux et silencieux, on entend leurs cœurs qui pompent ensemble la vie qui reste. » (p. 198)

CHRONIQUE D'UNE TRANSPLANTATION

Le don d'organes, qui est le thème principal traité dans *Réparer les vivants*, est illustré par le plus symbolique : la transplantation cardiaque. Le processus de cette opération est décrit de façon chronologique et dans les moindres détails dans ce roman, de sorte que le lecteur se trouve face à un récit très bien documenté et fidèle à la réalité, pouvant être associé à une chronique.

Ainsi, le sujet du roman concerne directement le lecteur qui, s'il l'ignorait, apprend au cours de sa lecture qu'il est lui-même désigné comme un donneur d'organes (à moins de s'inscrire sur le registre national des refus de dons d'organes, ou simplement d'exprimer son opposition à des proches). L'essentiel de l'information est donné par le coordinateur des prélèvements d'organes et de tissus. Cette fonction, créée en 1997, est incarnée par Thomas Rémige qui en remplit toutes les missions, de l'accompagnement des proches du défunt, à la restauration du corps, après prélèvement des organes, puis sa restitution à la famille.

Au moment où le processus du prélèvement cardiaque se met en route, le lecteur apprend alors comment fonctionne l'organisation qui, entre autres, gère le registre national des refus : l'Agence de biomédecine, sise à Saint-Denis (Seine-Saint-Denis).

Grâce au personnage de Marthe Carrare, il prend conscience du travail effectué pour réussir une transplantation, tout en menant une course contre la montre : recherche des receveurs compatibles, contacts avec les hôpitaux concernés, coordination logistique.

Le lecteur est ensuite le témoin du retour, à la fois serein et tendu, de l'équipe de l'hôpital de la Pitié-Salpêtrière avec son « trésor » (p. 274), toujours dans les temps, malgré un ralentissement de véhicules aux abords de Paris. Il assiste à l'entrée dans le bloc opératoire où la transplantation a lieu immédiatement.

Parallèlement, le lecteur découvre la vie de Claire Méjan, celle qui va recevoir le cœur de Simon, et l'ensemble des préparatifs et inquiétudes lié à l'opération de transplantation cardiaque :

- elle a emménagé il y a presque un an au plus près de l'hôpital au cas où un cœur viendrait à être disponible ;
- sa première transplantation ne s'est pas bien déroulée car le greffon n'était pas bon ;
- l'attente que quelqu'un meure pour qu'elle puisse continuer à vivre est perçue comme un malaise ;
- elle regrette de ne pas pouvoir remercier (« Surtout, elle ne pourra jamais dire merci », p. 257).

Toute la préparation de Claire avant son entrée en salle d'opération est déclinée. Après la transplantation du cœur de Simon dans le corps de Claire, le lecteur assiste enfin à la restauration du corps de Simon (qui fait l'objet d'un chapitre entier), marquant la fin de cette chronique : « Il faut réparer maintenant, réparer les dégâts. » (p. 265)

Thomas Rémige s'en charge : « La restauration du corps du donneur ne peut être banalisée [...] Remettre ce qui a été donné comme il a été donné. Sinon, c'est la barbarie. » (*ibid*.) Ces propos renvoient aux conditions de restauration du corps, qui doivent s'effectuer dans le plus grand respect, au risque d'être jugées : « La violation de ce principe peut faire l'objet d'un recours devant les tribunaux. » (« Prélèvement d'organes sur une personne décédée », in *service-public.fr*)

Donneur potentiel ou décideur pour un proche, le lecteur sort de sa lecture certainement plus savant quant à la procédure de transplantation cardiaque.

LA PRIMAUTÉ DU TEMPS

Le suspense court tout le long du récit qui se déploie sur 24 heures, surtout quand la décision est prise d'effectuer le prélèvement des organes car chacun a une durée de survie spécifique, avant la transplantation.

La quatrième de couverture met le lecteur aussitôt au courant : Simon va mourir. Les battements de son cœur sont mentionnés dès les premiers mots du récit (p. 11). L'astuce de l'auteure est de laisser croire que Simon va périr au cours de la session de surf à laquelle il se prépare avec ses amis. La tension monte, du côté des trois garçons comme du côté de celui qui lit. Il n'en est finalement rien, car Simon sur sa planche est un guerrier (« Big Waves Hunter [...] » p. 15) et un héros (« big wave rider [...], [un] king [...] » p. 18). Au retour de la plage, la tension retombe et l'accident du van prend à froid la vie de Simon et l'attention du lecteur.

Combien de temps faudra-t-il pour que Marianne et Sean acceptent le prélèvement des organes de Simon ? Cet accord est lié à leur acceptation de la mort de leur fils. Le temps à respecter pour récupérer des organes viables ne correspond pas à celui requis par les proches pour se détacher du corps du défunt : Thomas Rémige a appris à pratiquer en douceur cette violence qui consiste à les faire s'accorder au plus vite.

L'autorisation des parents obtenue, la procédure s'enclenche rapidement, car la recherche des receveurs prend du temps également. Heureusement, les fichiers sont informatisés. Les critères médicaux mais aussi géographiques doivent convenir aux organes encore à prélever à l'hôpital du Havre dans les délais impartis. Tous les éléments ayant été coordonnés, place à l'action sur le terrain qui est menée en urgence :

> « Le petit aéroport a été ouvert spécialement pour eux [...]. Alice et Virgilio descendent sur le tarmac, et à partir de cet instant c'est un seul et même mouvement qui les emporte comme s'ils se mouvaient sur un tapis roulant, trajectoire sans rupture et d'une fluidité magique [jusqu'au] service de chirurgie. » (p. 237)

Le temps est également compté après le prélèvement :

> « On hisse dans la carlingue, ce caisson ma-triochka qui recèle la poche de sécurité de plastique transparent qui recèle le récipient qui recèle le bocal spécial qui recèle le cœur de Simon Limbres, qui recèle rien moins que la vie même, une potentialité de vie, et qui cinq minutes plus tard s'envole dans l'espace. » (p. 250)

Ainsi en 24 heures, grâce à la volonté et à la réflexion des uns, à la coordination et à la compétence des autres, un cœur en parfait état a pu quitter le corps d'un jeune homme décédé pour redonner du souffle à une femme de 50 ans, en parcourant un peu moins de 200 kilomètres.

Cette course pour la vie ne minimise néanmoins pas les coups donnés par la mort parmi lesquels le retrait dans la solitude n'est pas le moindre. À l'annonce du décès de Simon, Marianne et Sean « amorc[ent] une dérive sidérale » (p. 102). À l'heure où les organes du jeune garçon sont prélevés, Marianne se pose encore la question de l'intégrité de son fils. C'est finalement en se raccrochant à son visage qu'« elle ressent un calme profond » (p. 253). Le récit se termine sur un alexandrin (vers de 12 syllabes), renouant ainsi avec le genre épique : « La nuit brûle au-dehors comme un désert de gypse. » (*ibid*.) Ce vers, aux images tout en contraste, évoque l'épreuve vécue.

PISTES DE RÉFLEXION

QUELQUES QUESTIONS POUR APPROFONDIR SA RÉFLEXION...

- Pour quelles raisons Simon est-il comparé à un héros ?
- Analysez le rapport qu'entretient Thomas Rémige avec le chant.
- Expliquez le sens du titre.
- Symboliquement, en quoi le cœur est-il différent des autres organes ?
- Commentez la phrase suivante : « Le cœur excède le cœur [...]. Plus encore, à la fois mécanique de pointe et opérateur d'imaginaire surpuissant, Virgilio l'envisage comme la clé de voûte des représentations qui ordonnent la relation de l'homme à son corps, aux humains, à la Création, aux dieux. » (p. 230)
- Pourquoi est-il difficile pour un receveur d'accepter un greffon ? Aidez-vous du roman pour répondre à cette question.
- Le fait d'ôter à une dépouille ses organes et en particulier le cœur n'est pas nouveau dans

l'histoire de l'humanité. Repérez dans le roman l'exemple choisi par l'auteure, et comparez-le avec des pratiques funéraires plus anciennes ou certaines coutumes guerrières.

- En 1959, la définition de la mort a été revue par Maurice Goulon et Pierre Mollaret. Expliquez les changements que cela a générés.
- Citez une épopée encore connue aujourd'hui. Résumez-la en quelques mots et comparez-la à l'opération effectuée sur Simon.
- D'après vous, pourquoi ce roman a-t-il rencontré un tel succès ?

Votre avis nous intéresse !
Laissez un commentaire sur le site de votre
librairie en ligne
et partagez vos coups de cœur sur les réseaux
sociaux !

POUR ALLER PLUS LOIN

ÉDITION DE RÉFÉRENCE

- DE KERANGAL M., *Réparer les vivants*, Paris, éditions Verticales, 2014.

ÉTUDE DE RÉFÉRENCE

- « Prélèvement d'organes sur une personne décédée », in *service-public.fr*, consulté le 11 octobre 2017. www.service-public.fr/particuliers/vosdroits/F183

ADAPTATION

- *Réparer les vivants*, film de Katell Quillévéré, avec Tahar Rahim, Emmanuelle Seigner et Anne Dorval, France, 2016.

Retrouvez notre offre complète sur lePetitLittéraire.fr

- des fiches de lectures
- des commentaires littéraires
- des questionnaires de lecture
- des résumés

ANOUILH
- Antigone

AUSTEN
- Orgueil et Préjugés

BALZAC
- Eugénie Grandet
- Le Père Goriot
- Illusions perdues

BARJAVEL
- La Nuit des temps

BEAUMARCHAIS
- Le Mariage de Figaro

BECKETT
- En attendant Godot

BRETON
- Nadja

CAMUS
- La Peste
- Les Justes
- L'Étranger

CARRÈRE
- Limonov

CÉLINE
- Voyage au bout de la nuit

CERVANTÈS
- Don Quichotte de la Manche

CHATEAUBRIAND
- Mémoires d'outre-tombe

CHODERLOS DE LACLOS
- Les Liaisons dangereuses

CHRÉTIEN DE TROYES
- Yvain ou le Chevalier au lion

CHRISTIE
- Dix Petits Nègres

CLAUDEL
- La Petite Fille de Monsieur Linh
- Le Rapport de Brodeck

COELHO
- L'Alchimiste

CONAN DOYLE
- Le Chien des Baskerville

DAI SIJIE
- Balzac et la Petite Tailleuse chinoise

DE GAULLE
- Mémoires de guerre III. Le Salut. 1944-1946

DE VIGAN
- No et moi

DICKER
- La Vérité sur l'affaire Harry Quebert

DIDEROT
- Supplément au Voyage de Bougainville

DUMAS
- Les Trois Mousquetaires

ÉNARD
- Parlez-leur de batailles, de rois et d'éléphants

FERRARI
- Le Sermon sur la chute de Rome

FLAUBERT
- Madame Bovary

FRANK
- Journal d'Anne Frank

FRED VARGAS
- Pars vite et reviens tard

GARY
- La Vie devant soi

GAUDÉ
- La Mort du roi Tsongor
- Le Soleil des Scorta

GAUTIER
- La Morte amoureuse
- Le Capitaine Fracasse

GAVALDA
- 35 kilos d'espoir

GIDE
- Les Faux-Monnayeurs

GIONO
- Le Grand Troupeau
- Le Hussard sur le toit

GIRAUDOUX
- La guerre de Troie n'aura pas lieu

GOLDING
- Sa Majesté des Mouches

GRIMBERT
- Un secret

HEMINGWAY
- Le Vieil Homme et la Mer

HESSEL
- Indignez-vous !

HOMÈRE
- L'Odyssée

HUGO
- Le Dernier Jour d'un condamné
- Les Misérables
- Notre-Dame de Paris

HUXLEY
- Le Meilleur des mondes

IONESCO
- Rhinocéros
- La Cantatrice chauve

JARY
- Ubu roi

JENNI
- L'Art français de la guerre

JOFFO
- Un sac de billes

KAFKA
- La Métamorphose

KEROUAC
- Sur la route

KESSEL
- Le Lion

LARSSON
- Millenium I. Les hommes qui n'aimaient pas les femmes

LE CLÉZIO
- Mondo

LEVI
- Si c'est un homme

LEVY
- Et si c'était vrai…

MAALOUF
- Léon l'Africain

Analyse de l'œuvre
Germinal
d'Émile Zola

Analyse de l'œuvre
L'Étranger
d'Albert Camus

Analyse de l'œuvre
Le Père Goriot
de Balzac
lePetitLittéraire.fr

Analyse de l'œuvre
Candide
ou l'Optimisme
de Voltaire

Analyse de l'œuvre
Oscar et
la Dame rose
d'Éric-Emmanuel Schmitt

ISBN version numérique : 978-2-8062-6819-8
ISBN version papier : 978-2-8062-6820-4
Dépôt légal : D/2017/12603/858

Avec la collaboration de Paola Livinal pour l'analyse des personnages de Virgilio Breva (la partie « D'un intérêt pour la chirurgie cardiaque… ») et de Cordélia Owl, ainsi que pour les chapitres « L'épopée en héritage », « Chronique d'une transplantation » et « La primauté du temps ».

Conception numérique : Primento, le partenaire numérique des éditeurs.

Ce titre a été réalisé avec le soutien de la Fédération Wallonie-Bruxelles, Service général des Lettres et du Livre.